KB034969

이 시집을 세상과 이별을 한
사랑하는 나의 아내 미란에게 바칩니다

둘시네아에게

둘시네아에게

초판 1쇄 발행 | 2017년 12월 18일

지은이 | 김경진
펴낸이 | 공상숙
펴낸곳 | 마음세상

주소 | 경기도 파주시 한빛로 70 507-204

신고번호 | 제406-2011-000024호
신고일자 | 2011년 3월 7일

ISBN | 979-11-5636-186-2 (03810)

원고 투고 | maumsesang@nate.com

ⓒ 김경진, 2017

* 값 12,000원

* 이 책은 저작권법에 따라 보호 받는 저작물이므로 무단 전재와 복제를 금지
합니다. 이 책의 내용 전부나 일부를 이용하려면 반드시 저자와 마음세상의
서면 동의를 받아야 합니다.

* 마음세상은 삶의 감동을 이끌어내는 진솔한 책을 발간하고 있습니다. 참신
한 원고가 준비되셨다면 망설이지 마시고 연락주세요.

국립중앙도서관 출판예정도서목록(CIP)

둘시네아에게 / 지은이: 김경진. - 파주 : 마음세상, 2017
  p. ; cm

ISBN 979-11-5636-186-2 03810 : ₩12000

한국 현대시[韓國現代詩]

811.7-KDC6
895.715-DDC23   CIP2017032148

둘시네아에게

김경진 지음

마음세상

序詩

보고 있어도 더 보고 싶어지는
둘시네아여! 너는
어디에도 있고 어디에도 없다
바람의 결에도 있다 가고
깃털구름 속에도 있다 간다
하지만 내 속에는 담석처럼 뭉쳐서
있기만 한다 가지 않는다

사랑하고 있어도 또 사랑하고 싶은
둘시네아여! 너는
어느 곳에도 있고 없다
나무껍질 사이에도 붙었다 가고
새의 부리에 붙어 날아가기도 한다

그러나 나에게만은 늑골 사이에

둥지를 틀고 움직이지 않는다

둘시네아여! 너는

나에게 영원할 그리움이다

제1부
사랑하는 것은
즐거운 소멸입니다

꽃

꽃 한 송이 보고 싶었습니다

꽃 한 송이 피는 걸 보고 싶었습니다

꽃이 피었던데요

그 꽃

그대였습니다

사랑하는 나의 둘시네아에게

사랑은 나의 눈으로부터 불을 뿜기 시작했고 나의 이상이 되었다 너의 아름다움은 미혹이었으나 내 이상의 유혹과도 같았으므로 나는 너의 어여쁨에 한 눈에 젖어 들었다 이룰 수 없는 사랑이라고 생각할 여유도 없었다 산초는 나에게 사랑의 부질없음과 거짓에 대하여 말하고 로시난테는 내 사타구니를 등 짝으로 뭉개며 내 사랑의 헛됨을 질투했지만 둘시네아여! 이미 멀어버린 눈으로는 너를 보지 않을 수 없음을 나는 운명으로 받아들이고 말았다

나의 사랑은 지극히 낯선 것이어서 순수하고 빈틈이 없다 웃음거리의 대상이 되고 비웃음들이 따라 다닐지라도 꾸며지지 않는 당당함이 있어 나는 오연할 수 있다 나의 모험은 그래서 한결같고 지치지 않을 것이다 너를 위해서라면 하늘의 별도, 숲 속의 정령의 마음도 가지러 간다 나의 사랑하는 둘시네아여! 나를 사랑하지 않아도 좋다 나를 부끄럽게 여겨도 좋다

그러나 사랑하지 않는다고 부끄럽다고 나에게만 말하지는 말아다오 왜냐하면 나의 이상이 무너질까 무섭기 때문이다 나의 결연한 여행이 의미가 없어질까 두렵기 때문이다

너에게 나는 수많은 진주목걸이를 찾아주고 수많은 시를 써서 읽어주고 싶다 내가 할 수 있는 일은 너를 향해 끊임없이 달려가는 일이기 때문이다 네가 원하는 것을 이뤄주기 위해 멈추지 않는 것이 내 이상을 이뤄가는 일이기 때문이다 영원히 나의 이상은 너를 향한 사랑이기 때문이다

사랑하는 나의 둘시네아여! 다른 세계에서 네가 나를 부를지라도 나는 기꺼이 너를 향해 가고 있을 것이다

숲에서 쓰는 편지

그대 기다리는 동안 풀 잠자리 날개가 되었지
풀잎에 앉아도 풀잎의 무게를 더하지 않는 가벼움이 되었지

그대 생각하는 동안 쓰르라미 울림판이 되었지
파르르 떨려야 비로소 소리의 파동을 몸으로부터 솎아내는
비움을 알았지

그대 불러보는 동안 한철 매미의 단단한 몸통이 되었지
온 힘을 다해 몸통을 공명시켜야 절창울림을 만들어내는 울
림통이 되었지

그대 바라보는 동안 이슬이나 될까 하네
새벽 숲을 둥글게 담아 함께 증발하는 이슬처럼
그대를 품고 서늘한 공기가 되고 싶네

바다의 사랑은

바다가 파도를 만드는 것은
갯바위를 사랑하기 때문입니다
심장을 터뜨려서 바위에게 가고 싶은 것입니다

바위는 몸이 깨져도 파도를 안아줍니다
바다를 품고 싶기 때문입니다

사랑하는 것은
파도처럼 멈추지 않고 달려가고
바위처럼 끄떡없이 받아주는 것입니다

파도는 보고 싶어서
바위는 그리워서
서로를 늘 마주봅니다

세화바다에서

그대가 나에게서 돌아섰던 세화에서 뒤를 봤어요 무작정 사랑이라고 돌아서 가지 못했지요 등거리를 두고 있어야 괜한 안심이 들기 때문이지요 불변의 사랑이야 자신할 수 없으나 그래도 그대라면 가는 길 바라 보지 않아도 끝이 무덤덤 하지 않으리란 믿음이 있었지요 끝까지 손 잡고 가도 될 것 같았던 파도가 불러 세화의 바다에 왔어요 바람만 낮게 출렁이네요 파도는 수평선 뒤로 숨어 해안으로 오는 길을 잊었나 봐요 그대가 손을 놓고 돌아옴을 잊은 것처럼, 뒤돌아 서도 닿을 수 없는 소식 같은 잔 물살만 갯바위에 걸려 있네요 그대 불러보다 쓸만한 쓸쓸함을 건져 올렸다오

꽃잎에 손을 씻으며

너를 놓았다가 잡았다가
잘못 걸린 전화를 끊듯 내려놓는다
말로 다 할 수 없는 망설임이
있다가 지워졌다가
마침내 수긍이 된 것이다
빗소리가 이불 속으로 파고들던
지난밤의 뒤척거림이
새벽 비로 철쭉꽃 사이에 스며있다
꽃잎에 베인 물기로 손을 씻으며
심장이 꽃 향기처럼 흩어진다
너에게까지 닿지 않을 것을 안다
습기의 막에 제지 당한 채
빗물에 녹아 없어질

수용성 그리움일 뿐이다

너를 붙들다 돌아선 자리에

씻긴 꽃잎만 수북하다

풀잎에 앉은 서리처럼

이슬이 서리가 되는 이유는
풀잎을 사랑하기 때문입니다

추위에 파랗게 낯빛이 질린 잎사귀를
하얀 솜처럼
덮어주는 것입니다

햇빛에게 밀려 녹아 내릴 때까지
언 결정들을 촘촘히 껴안고서
죽음으로 풀잎을 사랑하는 것입니다

풀잎에 앉은 서리처럼
사랑하는 것은 즐거운 소멸입니다

우산 사용 설명서

우산대가 가운데 있는 것은
어깨를 나란히 대고 둘이서 쓰라는 겁니다
혼자만 우산 속에 있는 것은
반절만 사용하는 것이어서
비어 있는 한 쪽이 허전합니다 쓸쓸합니다
빗속으로 들어가는 우산들이
안락하게 보일 때는 누군가와 둘이서
어깨가 닿아있기 때문입니다
도란도란 낮은 속삭임이 있어도 없어도
어깨를 두른 다감한 팔이 있거나 없거나
우산이 본래대로 쓰이면
비에 젖는 것보다 먼저

따뜻함에 젖어 있는 겁니다

둘이서 하나처럼 같은 길을 가라고

무게중심을 잡아주기 위해

우산대는 가운데 있습니다

댓잎에 바람이 이는 것처럼

댓잎에 바람이 이는 것처럼
내 입에도 바람이 인다

사랑하지 못할 것이 없는 것처럼
사랑을 다해도 닿지 못하는 것처럼
댓잎에서 일어선 바람은
머물 듯 말 듯
설렁이기만 한다

그리워하지 못할 것이 없는 것처럼
그리움을 다해도 지워낼 수 없는 것처럼
내 입에서 일어난 바람도
나설 듯 말 듯
입술만 훑는다

댓잎에 바람이 지는 것처럼

내 입에도 바람이 진다

인연

어느 날 문득 만났다고
갑자기 불현듯 사랑하게 되었다고
그리고 행복해지고
상처를 주다 위로를 주다
깊이 정이 들었다고

당신 근데 아나요
수없이 오래 전에 스치듯 서로를 보았고
가끔은 눈도 마주쳤고
걷다가 어깨도 닿았다 떨어지고
손등이 미끄러지듯 엇갈리기도 한 인연이
어느 날 문득 우리를 만나게 했다는 것을
불현듯 갑자기 불꽃으로 타게 했다는 것을

인연은 한 번에 이뤄지지 않아요
셀 수 없는 운명의 전조들이 우리 사이에
삐걱거리며 들어왔다 빠지기를 반복 했지만
우리가 아는 건 지금뿐이라
미처 알아볼 수가 없었겠지요

당신 이제 알겠지요
억만년의 시간이
억만 번의 스침 들이
우리를 만나 사랑하게 했다는 것을
이 세계에서 유일하게 정해진 사랑이라는 것을

너를 향한 시간

니가 왔다 간 자리는 아직 뜨겁다

시계추처럼 일정하던 심장 뛰는 소리가

니가 가고 난 이후로 땅끝에서 하늘 끝까지

불규칙하게 진동을 한다

진정되지 않는 마음이 만든 공간에

공진들이 겹쳐 일으킨 마찰열이

격해져 식을 수 없을 것이다

니가 머물다 떠나간 가슴이 진정되지 않는다

꽃이 피다 져버린 것처럼

다시라는 반복을 맺을 수 없기 때문이다

너를 향한 시간은 길기만 하여 끝을 말할 수 없고

적당히 아프고 말 일이 아니다

나무가 안아 든 상처는 끝끝내 몸에 새겨

옹이로 생명을 다해도 남기듯
니가 간 자리는 화상자국처럼
생각할수록 생생한 흉터로 살아서
너에게로 가고 있을 것이다

너에게

비가 온다고 쓴다

너에게 가고 싶다고

쓰고 한참 멈춘다

한 송이 수레국화 같은 지지배야

보고 싶다고 읽는다

비 오는 새벽에

그립다고 쓰고

사랑한다고 읊조린다

세화바당

무수한 그리움이 난수표처럼 얽혀 들어
파도가 포말로 검은 바위에 스며들 때마다
속이 들끓는다
가슴 높이를 내려
나는 너로부터 발원한 바람을 품어본다
세화에서 바다는 파도보다
바람으로 말을 한다
떨칠 수 없는 그리움은
기억 속에 질끈 묶어내라 한다
세화에서 나는 가장 속타는 사랑에 빠져
파도에 몸을 얹고 있다

월정리 연가

월정리에서는 어디로 방향을 잡아도

바다를 비껴가지 못한다

비가 바람에 후,두,둑 날리는

해변 브런치까페 창가에 앉아

바다를 눈에 들어올린다

해변으로 성급히 나간 이들은

비를 맞으면서도

분주히 배경이 된 바다를 품에 끌어들인다

바다는 포말을 모래사장에 터뜨리며

혼자서도 거나하게 쓸쓸하다

먼 바다 끝에서 더디게 오는

그리움 같은 생의 부스럭거림을 잡고

말 줄임표에 둘러 쌓여

나는 월정리의 바다에 포위된다

나무 같은 사랑

불 같은 사랑은 하지 말자
타고나면 재로 흩어질 거니까
바람 같은 사랑은 하지 말자
지나가면 흔들림도 남지 않으니까
나무 같은 사랑을 하자
그 자리에서 시간을 다 이루며
변해도 변하지 않는
굳건히 서 있는 사랑을 하자

물 같은 사랑은 하지 말자
담는 그릇 따라 변하기 싫으니까
구름 같은 사랑도 하지 말자
시도 때도 없이 변해야 하니까
돌 같은 사랑을 하자

까져도 파여도

그대로 단단히 자리를 지키는 사랑을 하자

보고자 한다는 말

소리 높이지 않고 넌짓하게 가슴울림으로 전하는
보고자 한다는 말은
누구에게라도 맘 들쳐 보이고 싶지 않다는 의미가 들어있지

큰 소리로 외치지 않지만
울창한 나무숲을 진동시키고 산 구석구석을 울리게 하는
보고자 한다는 말속엔
잔떨림들이 모이고 섞여서 하늘을 진공상태로 만들어 버린
거지

누구라도 알아듣지 못할, 그대에게만 들려야 하는
보고자 한다는 말에는
나에게 나를 속닥이듯 믿음직하여
가을이 그 말의 여운에 빠져들지

한 번으로는 끝맺을 수 없어 되풀이 될수록 깊어지는

보고자 한다는 말로는

마음을 다 담아낼 수가 없어 울음처럼 웅얼거려지는 거지

제2부
많이 아파요
많이 그리워요

사랑

말로 다 할 수가 없겠습니다
눈으로 다 전 할 수가 없겠습니다
미열이 일어났다 신열로 불붙습니다

독감

  그대 오늘은 개운한가요 이명에 시달리다 뜨거운 한숨을 돌려요 그대에게 묶여 있던 바이러스가 삶의 때를 빼내듯 빨래판 소리에 뒤섞임을 당하진 않았나요 나는 호젓해졌어요 끝나지 않을 두통의 기운이 몸살을 불러내 삭신이 깜짝 놀래다 시간이 지날수록 무난해졌거든요 그대의 소리를 들었나 봐요 살살 바짓단을 치켜 올린 채 다가와 이마에 손 올리고 근심 가득한 심장소리를 두고 갔지요 나의 아픔도 아련하게 만드는 그대, 오늘은 그대를 나에게 홀가분히 털어놨나요 오늘이 그대의 처음 사랑을 시작한 날인가요 열병이 거세져 머리카락이 진득한 눈물을 흘려요 그대 목에서 흘러나오는 소리에 스, 르,륵 잠이 들고 있네요 많이 아파요 많이 그리워요

발자국 편지

하얗다고 쓰고 한동안 쉬었어
쉼표를 난발할지라도 보채지 않아서 평안한 때문이지

오늘 나는 너에 대해서 조금 생각했어
버드나무 꽃가루가 양탄자처럼 내려앉은 길을 걸으며
발자국으로 편지를 쓰고 왔어
그대로 오월의 눈길을 쉬엄 쉬엄 걸어
끝이 끝이 아닌 네가 있는 길의 주소를 물었어

발자국 편지는 네가 있을만한 곳을 찾아
배달이 될 거야
꽃가루 우체부가 바람을 타고 송달을 시작했거든
사락사락 걸음소리가 들리거든

문을 열고 나인 듯 반겨 편지를 받아줘

너를 향한 발자국 편지는 멈추지 않아
네가 어디에 있든, 어디로 가든
너를 향한 내 발걸음이 멈출 수 없는 것처럼

우산 같은 사랑

비 뿌리는 전철역을 지나칩니다

살이 휜 낡은 검은 우산위로 투,두,둑

바람을 머금은 빗방울이 내려앉습니다

한 순간 우산이 휘청여 내 몸도

사십오 도로 미끄러지듯 기울어졌다가

어깨를 바르르 떨며 중심축을 어렵사리 되돌립니다

흔들리지 않는 사랑이 어디 있나요

산이 경사를 간직한 것은 높이를 높이기 위함이듯

굴곡이 없인 사랑도 깊어질 수 없습니다

우산을 접었다 다시 피며

흘려내지 못한 빗방울을 털어냅니다

빗줄기를 튕겨내며 기관차 한 대

힘을 다해 방향을 점령합니다

휘어진 우산 위로 여전히 또 다른 무게를 실으며

비는 쏟아져 내려도 우산은 접히지 않습니다
어떤 무게로도 사랑을 접을 수 없기 때문입니다
전철역에 그대로 비는 세차도
나는 우산과 함께 꿋꿋이 사랑하겠습니다

나팔꽃

꽃잎 깍지를 낀
너를 본다
다물 린 입 속은
들여다 볼 수 없다
그래도 손가락을 펴서
열어볼 엄두는 못 부리겠다

너를 지키는 마음이 그래

별에 새긴 얼굴

짙게 흩어지는 안갯길을 가다
언뜻 하늘에 별 하나 보았습니다
스치듯 본 별에다
오늘 밤 나는
그대의 또렷한 얼굴을 새겨
가슴 속 하늘에 띄워놓습니다
흔한 별이라고 지나쳤던 시간들에
죄를 청하며 깊이 고개 숙입니다
다시는 별을 외면하지 않겠습니다
언제나 떠 있었으나 어제의 별은
오늘의 별이 아니더군요
가장 소중한 별이었던 그 별은
그대였음을 이제 압니다

소멸시효

어둠을 끌고 들어와 사방에 앉혀놓는다

공간이 내뿜는 숨소리가 차갑다

아침부터 시작된 두통이 가실 기미가 없다

없다라는 말에 잠시 멈춰서 고개를 갸웃해본다

목에도 통증이 있는지 뚝뚝거린다

없다고 생각한 모든 순간에

나는 너를 잡고 있었다

없는 것이 아니라 넘치고 있었다

한 번도 없어 본 적이 없다

없음은 영원히 없을 것인데

결국 끝말이 또 없다 다

끌어 온 어둠이 그만두라고 깊어진다

없음도 시효가 다해야 사라지는 것이라고

너에게 나는 그 때가 돼서야 소멸되고 싶다

동행

저물녘 마지막 힘을 다해 빛을 보내는 구름 뒤의 햇살처럼

당신의 등 뒤에 숨어서 길을 열어주고 싶습니다

이정표도 없는 깜깜한 밤을 걸어가야 하는 당신에게

반딧불 같이 작지만 무작정 따라가도 좋을 불등이 되고 싶

습니다

무미하게 고개를 주억거리고

퀭한 눈으로 빈 공간을 보고 있더라도

일부러 해찰하고 있지 않다는 것을 당신이 알고 있듯이

얼마나 더 깊어질 수 있는 것인지 알 수가 없습니다

아침이 오기도 전에 일어나서 구름 뒤에서 밤을 새운 빛을

당신의 눈두덩 앞에 모아 또 한 시간을 같이 만들고 싶습니

다

눈꺼풀을 올리고 아침을 맞는 순간부터 가야 하는 길이

당신에게만은 막히지 않는 평행선이면 좋겠습니다

모호하게 눈을 깜빡 거리고

고개를 삐딱하게 숙인 채 땅바닥만 툭툭 발끝으로 차고 있
어도

일부러 자발없어 하고 있지 않다는 것을 당신이 알고 있듯
이

얼마나 더 절실해질 수 있는 것인지 모르겠습니다

물봉선화에게

그리움의 끝이 있는 걸까
너에게로 가는 계곡 입구에서 멈칫거리다
서늘한 가을 산바람에 막혀있다

시작은 있어도 마지막은 없다
멈출래야 멈출 수 없다
끝이 있는 그리움이란 없다

계곡을 휘적휘적 걸어 올라가 너에게 눈 맞춘다
주저해봐야 상처로 남을 시간을 만들어 주는 거지
그리움은 물러서는 게 아니라 맞서는 거다

비탈을 따라 흘러내려갈 듯 비워낸 꽃대 위에

그리움을 피워낸 물봉선화여

그리움에 끝은 없어도 된다고 나를 설득하면서
너를 향한 맘이 바보 같아도 우직하여
오늘 또 너를 그리워하며 시작한다

해바라기

그대를 바라볼 수 있어서 행복합니다 허전했던 가슴을 눌러 앉히며 멍하니 그대 앞에서 돌부처 같이 굳어버렸답니다 이 세상에서 유일하게 행복해지는 일은 그대와 눈맞추는 것입니다 그대가 품고 있는 가을 하늘처럼 서럽게 푸른 강물이 루비처럼 반짝이며 흘러서 내 눈에 다래끼로 들어왔지요 이물감에 껌뻑이고 손톱으로 눌러보지만 떼어낼 수 없다는 것을 압니다 어디에 있든, 어디를 가든 잊지 말라고 그대의 모습이 딱딱하게 붙어버린 것일 테지요 그대를 눈꺼풀에 붙여놓고 든든합니다 바라볼 수 없어서 애닮아 하는 것보다 눈병으로 껌딱지처럼 함께하는 것이 내게는 강렬한 행복입니다 바라볼 수 있는 곳에 그대가 있어서 다행입니다 그대 앞에 서 있을 수 있어서 눈 멀어도 좋은 가을날입니다

구절초 편지

오래도록 먼 길을 돌아와서야
꽃 향기가 내어주는 방향을 밟고
마주 서게 되었다네

차가워지는 바람은 늠름해져
옷깃을 세우게 하고
낯빛을 창백하게 만들어 내지만
손가락에 입김을 후, 후 불면서
꽃잎을 받쳐들고 나는 편지를 쓰지

연필에 침을 발라 꾹꾹 눌러
진하게 너에게 보내고 싶은 글씨를
꽃받침에 모으지

얼마나 더 깊이 꽃 사이를 돌고 돌아야
너의 맘 속으로 걸어 들어갈
어여쁜 말들을 써 보낼 수 있을까

눈 마주치자마자 웃어주는
구절초 앞에서 쪼그리고 앉아
멀리 돌 필요가 없었다는 것을,
편지는 꼭 애절할 이유가 없다는 것을,
심금에 닿지 않아도
알싸한 눈물 나게 한다는 것을 알게 되었네

사랑은 하는 순간에 이미 완전하여
더 큰걸 이루려 할 필요가 없다네
구절재를 뒤덮은 구절초 꽃 무덤에 누워
아직 봉합하지 않았던 편지를 고치네
사랑은 다 쓸래야 써지지 않는,
마침표를 찍을 수 없는 편지라고

멈출 수 없는 사랑

하루를 사는 일이 심난하거든 울어버리는 사람이 되겠습니다

참다 속병이 되어 눈물이 부끄러운 사람이고 싶지 않습니다

눈물 마르고 마음 끓어 넘치지 못하면

생을 마감해 가는 고목과 다르지 않을 터이니까요

시도 때도 없는 그리움이 밀려들거든 폭삭 주저앉겠습니다

아무리 다리에 힘을 주고 버티려 해도 억장 무너지는 것을
막을 수는 없습니다

바람같이 불어오고 바람같이 지나가도

한 번 새겨진 그리움은 뜨거운 멍이 되어 있을 터이니까요

내가 얼마나 나약한 심성을 가졌는지 나도 알고 있습니다

짐짓 고개를 가로 젖고 손을 휘휘 저으며 센 놈인 것처럼 포
장해도

아파하는 것을 들키지 않으려는 역설의 가로저음이라는 것
을

내가 어찌 모른다고 하겠습니까

당신을 멀리하고 하루를 꼬박 사는 일이 단장(斷腸)보다 고
통스러

차라리 손목에 대못을 박듯 아파도

당신의 시간 속에 있겠습니다

당신의 시간 속에서 울겠습니다

기생초처럼

갈바람의 수런거리는 말 소리에 취해

이명에 시달리다 비척거리며 나왔더니

밤길을 밝히고 있는 기생초에게 마음이 막혀버렸네

꽃등을 켜 놓고 발등에 빛가루를 뿌리며

내게 전부인 너에게로 길을 이끌어주네

바람이 지나가는 이슥한 수풀 속에

바람의 길로 피어

조막손 같은 꽃잎을 얌전이도

흔들어 따라오라 하네

이마에 송글송글 꽃땀을 흘리며

한도 없이 기생초 꽃 사일 걸어

나만이 간직해야 할 나만의 너를 찾아 보네

갈바람은 여전히 두런거리며 꽃내를 불러와도

오로지 나에게만 그리울

너의 향기를 만나고 싶네

내게 영원한 너에게 가는 길은 아직도 끝이 없고

기생초처럼 나는 눈자위가 빨개졌다네

수레국화에게

무디게 살았네요 당신에게 가야 하는 길을 애써 돌면서 그리움이 그리움인지 외로움이 외로움인지 알려 들지 않았지요 왜 그러는지 나에게 당신을 묻지 못했네요 혼자서 다 돌이킬 수 없다는 것을 잊었어요 설마 이해할 수 없는 독백들이 있기나 한 건지 잊었어요 바라봄이 애간장 타는 바람 속에 눈물콧물 흘리라는 건지 끝끝내 나에겐 눈시울 붉힐 여분의 순간도 없는 건지 내민 손바닥에 주름이 당신에게 향하고 있다는 것만 알았지요 이 하나의 시간이 당신으로부터 당신을 내놓으라 할지라도 여전히 나는 그 하나의 시간으로 붙박여 있겠지요 당신을 아무리 사랑한다 해도 목청껏 부르지 못해요 수줍음이 수줍음이라고 알지 못하듯 가슴 아림이 아픈 거라고 이해하지 못하지요 본래 사랑이란 떠들어 대는 것이 아니듯이 그냥 그렇게 막연히 당연한 것처럼 사랑을 믿고 있어요

깊은 길

가을 깊숙한 길로
들어가고 싶었습니다
다시 돌아나올 필요 없는
마지막까지

당신도 그랬을 겁니다
들어갈수록 깊어지는
숲길에 몸 버리고 주섬거리며
머물고 싶었겠지요

한 자락 공간이 펴져
울림이 공명되는
그곳에 영원으로도 부족한
마음 부려놓았습니다

오직 당신만이 그 진득한 단풍을 알아보게

비표를 새겨놓았답니다

가을앓이

바람만 불어도 아프다
바람만 스쳐도 아프다
문득 문득 바람도 아프다

제3부
그리움 한 자락 깔고

경계

경계를 긋는 것은 사람만이 하는
우매한 일이다
바람도, 구름도, 햇빛마저도
경계란 없다

나의 경계는
그대가 있는 범위 내 일뿐이다

씨앗

한 발자국에 한 방울씩 눈물을 심었습니다

낙엽들이 눈물을 덮어 내년 봄에는

한(恨)도 없어지도록 싹을 피워내겠지요

걸을수록 심어지는 눈물의 수량이 늘어갑니다

섬뜩한 슬픔이 날을 세우고 달려듭니다

멎지 못한 그리운 것 남아 있는지 캐묻습니다

나는 그냥 고개 숙이고 눈물 떨어내며 걷기만 합니다

생각하지 않아도 눈물로 이어져오는 사랑이

도처에 있다는 걸 우리 모두가 알고 있습니다

걸음마다 눈물을 심습니다

다 그대가 훗날 찾기 쉽도록 흔적을 남기는 이유입니다

가슴우체통

오늘은 한사코 소식을 만들어 봅니다.
마땅히 써 넣을 주소가 없어 부치지 못할지도 모르지만
내가 나에게 전할 소식이면 어떻습니까
나에게 나는 너무 무심하고 소홀했습니다.
부메랑 같은 씨를 만들어 바람에게 부쳐
소식을 전하는 단풍나무처럼 꼭 수신처가 없더라도
살아온 이야기, 살아갈 이야기를
씨방 안에 채워 넣어 흩날려 보고 싶습니다.
지난 저녁 혼자서 차지한 순댓국 집의 테이블에
그 자리에 앉았다 일어났던 수많은 사람들의 땀기름 같은
사연을
반찬 삼아 내 진득한 국물자국을 만들었다 라던지
내일은 자식 바라기, 남편 바라기 인생에 길들여져 가는 아내의 손에

썰렁할지라도 웃음사연을 쥐어줘야겠다 라든지

하찮지만 소식 편지를 채워봅니다

오래된 그리움을 끄집어내듯 꾸깃꾸깃한 내용들이

퀴퀴한 냄새를 풍겨도 푹 삭은 간장처럼 구수할 테지요

오늘 아침 기어이 소식을 전합니다

내 가슴우체통에 수고하고 있다고 편지를 부칩니다

작지 않은 기도

오늘은 절대 외로움에 지치지 않게 하소서
누구라도 어깨를 빌려주고
아픈 이야기들이 눈물 흘렸다 가게 하서소

지금은 다시 없는 것
지나가서 넋두리가 되지 않게 하소서
두고 두고 오래 볼 수 있도록
선명한 사진처럼 기억 속에 새겨지게 하서소

이 시간에는 흔한 말로 다짐하지 말게 하서소
담담한 묵언 같은 고요함이 깊어질수록
단단해진다는 것을 소리 없는 언어로 알게 하소서

오늘은 절대 그리움에 지지 않게 하소서

누구라도 가슴을 열어주고

아련한 사연들이 쉬었다 가게 하소서

인동꽃

눈 안의 눈에 들어있는 나를 봅니다

흔들리는 눈동자의 파장이 속눈썹 사이에 걸려 파닥입니다

벗어나려는 흔들림은 이미 흔들림이 아니듯

그대의 눈이 내 눈을 놔버렸다는 것을 압니다

눈 안에 눈이 들어있을 때

눈짓도 의미 있는 몸짓이었지요

내 눈을 버린 그대의 눈은 이제 회색빛입니다

눈물막에 둘려서 아그배나무 꽃처럼 반짝이며

내 눈을 바라봐주던 선명한 검은 눈동자를

다시는 보지 못한다는데 이르자

벌개진 눈자위에서 땀인 듯 비가옵니다

내 눈앞에서 돌아서 가지 말라고

차마 그대의 파문처럼 떨리는 등은 볼 수 없어서

머리를 낮춰 안과 밖을 구별해 놓은 담장아래를 봅니다

그대의 눈 안에 들어 있을 때

바라볼 수 있었던 내 눈 같은 인동꽃이 지천입니다

개망초

이겨내지 못할 시련이 오거든
개망초처럼 그냥 쓰러져 버려라
낮은 자세로 땅에 줄기들을 대고
다시 잎들을 싹 틔워 몸통을 단단히 하고
동무들과 함께 일어나
새롭게 생을 시작한다고
나약하다 비난하지 못할 것이다
화려하게 사는 게 잘 사는 게 아니다
넘어졌다 일어나는 게 비굴한 것이 아니다
한 번 무너졌다고 주저앉아버리는 게
비굴한 것이다
없으이 여겨져도 외면당해도
짓밟히고 뽑혀 던져져도
잎과 줄기를 단단히 하고 일어나는
개망초 같이 살아 볼 것이다

너의 뒤에서

앞서 갈 수가 없어
뒤를 따라 갑니다
잘게 떨리며 이동하는 뒤꿈치를 보며
눈가의 잔주름이 경련을 일으킵니다
겨울 바람이 외투를 부풀려도
등짝은 품이 넓지 않은 듯 합니다
입을 다물 듯 길 가장자리가
합쳐지는 모퉁이에 들어서서
다 왔다고 돌아서
어서 오라고 하는 손짓에
그만 펑펑 가슴이 웁니다
너의 뒤에서
나의 뒤가 한없이 얇아져 버렸습니다.

걸음을 멈추면 뒤를 밀어주던

바람이 미련 없이 떠나갈까 봐

너를 지나쳐 두어 걸음 더 가서

다시 너의 뒤에 섭니다

뒤를 받쳐주는 것은

참담한 사랑입니다

갈대 숲 연가

그대의 등을 살피며 따라가서
발자국의 흔적마다 그리움을 심었어요

그대가 갈대 숲에 없을 때에도
무조건 찾아와서 흔적 위에 피어있을
갈잎 같은 사랑을 보려고
그대의 뒤를 살짝, 살짝 밀고 갔지요

날이 지고 그림자가 길어져도
그대의 그림자 위에 올라서서
여전히 등을 바라봅니다

보고 싶습니다
그대의 가을 갈대 숲에 시간이 오래 지나도
수런수런 그리움이 살아가는 것을

허물

벗겨내고 싶다고 벗을 수는 없는 게 있어
내 몸의 일부인 듯 전부였다는 걸
지나고 나서면 왜 깨닫는지

입 속을 헛도는 입내같이
벗겨내도 결국 둘둘 말린 진짜배기였지
나는 허물 속에 다른 허물을 씌우고 살았어

떼어내지도 못하면서
떠넘길 생각도 못하면서
거칠게 당겨보지 못했던 거야
힘껏 끌어안아 봤어
품이 따숩고 가슴이 철렁였지

이리 살아야 했던 거야
끝은 절대 끝이 아니듯
숨긴다고 사라지는 게 아니지
보듬을수록 가까운 긴 속삭임 혹은
재잘대는 지저귐 아니었을까

그렇게 허물어지듯 허물 벗는 것이 잘 되지 않아
내 맘의 전부이듯 몸살 나게
몸 사리는 허물,
사랑은 쉽게 벗지 못한 허물인 거야

등바라기

그랬습니다
당신의 뒷등에 내가 새겨놓은 눈은
어느새 감겨져 버려서 뜨지를 않습니다
눈 마주칠 수 없어 할 일 없이 나도 눈을 감아버렸습니다

또 그렇습니다
당신의 등은 항상 나를 향해 있어서 나와 대치상태입니다
눈 없어도 나란히 바라보는 방법을
우리는 그렇게 알고 있나 봅니다

내 눈은 늘상 당신의 등만 봅니다
당신의 느린 걸음을 몇 발치 뒤에서 따라가야 하기 때문입
니다
앞서가면 당신의 등마저도 볼 수 없어

걷다 보면 어느새 당신의 뒤에 있게 됩니다

눈 뜨지 않아도 이대로라면 좋습니다

당신의 뒷등에 내가 새겨놓은 눈은

그저 내 마음의 나뭇잎 같은 것일 뿐입니다

봄이면 피어났다 가을이면 떨어지길 반복하는

종잡지 못할 미운 변덕입니다

눈동자를 애초에 만들어주지 않아서 뜰 수 없는 눈은

당신의 등에 달아놓은 무점멸 신호등입니다

영영 통과신호를 줄 수 없는

당신의 등바라기가 숙명이 된 겁니다

가을 숲에 누워

삽상한 바람 한 토막을 잘라 베고 누웠습니다
포말처럼 터졌다 사그라들며 바위틈으로 들어간 단풍잎은
이제 다시 모습을 드러내지 않을 기세입니다

두 개의 앞니를 내밀고 줄무늬가 불분명한 다람쥐 한 마리
가
나뭇잎을 밟고 폴짝 이며 가을 한 귀퉁이로 들어갑니다
앞니가 잘라낸 가을이 부르르 떨며 나무를 흔들어
왈칵 잎을 털어냅니다

몸에 수북이 쌓인 단풍잎을 덮고
팔베개를 풀 엄두도 낼 수가 없습니다

눈 감고

귀 닫고

입 악물고

뒤돌아 멀게 떨어지는 가을을 배웅합니다

당신 편안하세요

당신의 뒷모습을 항상 지키고 있을게요

눈병

눈이 꾸꿈해서 안과에 갔습니다 수시로 침침해지고 물체가
희미해져 세상을 밝게 볼 수가 없었습니다 눈곱이 끼어서 아
침에 일어나면 눈꺼풀이 위 아래로 분리되지 않아 손으로 잡
아 떼내야 하는 날들이 많아졌습니다 흰자위는 늘상 불그스
레 병든 닭 눈 같아서 다른 사람들과 눈 맞추는 게 무서워졌습
니다 본 것인지 못 본 것인지 착시에 시달리며 내 판단의 기
준도 모호해져 심한 두통에 시달립니다 의사는 핀셋으로 눈
꺼풀을 뒤집고 고름이 엉켜 살 안에서 굳어버렸다고 어서 짜
내는 방법뿐이랍니다 그러나 누런 고름을 빼내고도 갑갑함은
줄지 않습니다 잔상들이 겹쳐 어떤 것이 진짜인지 구별할 수
가 없습니다 병에 익숙해 져버려 눈동자가 흔들림을 멈추지
못합니다 어디 눈 뿐이겠습니까 귀도 이명에 시달리고 코는
자꾸 건조증에 걸려 코피를 쏟아냅니다 입술은 바짝 말라 말
하는 것을 자꾸 까먹어 갑니다 볼수록 더 그립고 마음을 허물
어뜨리는 다 그대 때문입니다

그리움 한 자락 깔고

그리움 한 자락 깔고 준비해봅니다

막연히 맞이하면 소중함을 늦게 알기 때문입니다

지을 수 있는 가장 간절한 표정을

미리 만들어 놓고 기다려봅니다

흔들리고 나부끼고 나뭇잎이 춤사례를 추며

바람을 먼저 불러들이는 것처럼

설렘을 가슴에 걸어놓고 마중을 나가봅니다

한 자락, 한 자락 깔아놓은 그리움이 겹겹입니다

염치없이 즐거워 헤프게 웃어도 탓 받지 않을 겁니다

그렇게 나는 내쳐 올 가을을

손짓해 부르고 있습니다

수줍은 고백

둘이서 함께 있다고 어디 외로움을 못 느끼겠습니까

아무리 곁을 지켜주는 사람이 있다고 해도 외로움은 있는
거지요

느낀다는 것을 누군가 대신해주진 못할 겁니다

둘이서 한마음이라고 해도 어디 아픔이 없겠습니까

같은 곳을 바라보지만 완전히 같은 마음일 수는 없는 거지
요

새털 같은 틈이 아프기도 할 겁니다

격렬하게 사랑한다고 말을 한다 해도 어디 그립지 않겠습니
까

사랑 속에도 그리움이 남아 있어야 더 애틋해지는 거지요

그리움이 소멸되면 사랑도 소멸되고 맙니다

나의 언어는 침묵입니다

가슴에 망치질을 하듯 단단히 그대에게 가는 길을 새겨 넣습니다

수없이 많은 다짐의 말들을 한다고 어디 언약이라 부를 수 있겠습니까

열려있는 문을 조심이 닫듯 내 안에 도사린 외로움도, 그리움도

쓸어 담아 묶어놓을 수 있도록 마음의 가죽 봉다리를 가슴 팍에 메달아 놓습니다

가을, 이 쓸쓸한 밤에 나에게 하는 수줍은 고백입니다

고드름

맹렬한 한파가 회오리 치는 가슴 속에
고드름처럼 단단한 그리움이 크고 있습니다
겹겹이 내의를 입고 두꺼운 털 옷을 걸쳐 입는다고
녹아 사라질 것 같지 않습니다
겨울이 마땅히 추워야 알아서 몸이 반응을 하듯
그리움이 스스로 녹을 준비가 되어야
심장에 뿌리를 두고 두꺼워지고 있는 고드름도
체액 속으로 스며들 것입니다
뜨거운 물 속에 뛰어드는 것도
한증막에서 벌개 벗고 땀을 뻘뻘 흘리는 것도
미련한 짓일 뿐입니다
숨소리 하나에 입혀진 시간을,
손톱 사이에 덧씌워진 울컥거림을
억지로 떼어내지 않겠습니다

온 몸이 얼음덩이가 되더라도

조각나지 않도록 겨울 안에 있겠습니다

거리

부르면 손 닿는 곳에 있어

그리 멀지 않게

지나치게 가깝지 않게

제4부
데이지 같은 여자

데이지 같은 여자

꼭 누구를 닮아야 하고, 무엇을 닮아야 하는 것은
아니다라고 살아온 게 사실이야
그런데 막상 또 궁금하긴 할거야
'나는 어떤 꽃을 닮았어?' 하고 물을 때마다 말문이 막혔지

어떤 꽃에 맞춰줘야 할까 고민이었거든
남자는 맞춰주려고 하는 속성을 가졌지만
여자는 맞춰져 있기를 내심 바랄 거야
평화롭고 순진한 샤스타 데이지를 보면서 답을 찾게 되었지

데이지 같은 여자
가녀린 줄기를 지탱하며 세상의 온갖 평화로움을 간직한
꽃,
순결한 백색의 꽃잎으로 수수하게 웃음 짓는 꽃

그런 거였어

화려하게 치장하지 않아도, 울긋불긋 수선 떨지 않아도
작은 흔들림만으로도 어여쁜
그런 여자

어떤 배경과도 속 깊이 어울려내고
자신을 조용히 드러낼 줄 아는 얌전한 아름다움을 품은
그런 여자

샤스타 데이지 같이 사랑스러운 여자
언제나 곁에 있어도 곁을 더 내어주고 싶은 여자
그 속으로 들어가 푹 몸이며 맘을 담그고 쉬고 싶은 한결같
은 여자
그대는 데이지를 닮았다

너의 방 앞에서

병실에 의자처럼 앙상한 너를 남겨놓고
나는 뒷등을 보이며 문을 닫고 나왔다
밥톨을 빌어먹고 살아야 할
짐을 내려놓을 수가 없어
떨리는 발걸음을 뒷발로 찍어야 했다

집으로 돌아와 컴컴한 거실을 무작정 지나
너의 방문을 노크한다
술에 취해 쾅쾅 두드려 너의 단잠을 깨웠던 버릇이
슬프게 떠올라서 살살 두드려본다

왈칵 눈물이 나서
술주정하던 그 때의 나는 지금 내가 아니다

눈물주정을 한다
눈가에서 독한 술 냄새가 난다

뒤척거리는 이불소리가 들리는 듯 하다
열어 논 창문에 바람 새어 드는 소리인줄 알지만
니가 침대에 누워 새근새근 꿈을 꾸는 소리 같아
닫겨진 문을 열지 못한다

병실의 문도 너의 방문도
열면 들어갈 수 있는 가림막일 뿐이지만
너의 모습이 다르다
너였다가 니가 아니 였다가
그래도 너는 여전히 나에게 너다

너의 방문 앞에서
똑, 똑 나를 두드린다

산수국 옆에서

살아가기 위한 질긴 시간들이
산수국을 피웠다
병동의 창문으로 깊어진 눈동자들이
수국의 헛꽃을
유별나게 응시하는 것은
꽃 아닌 꽃으로라도
생생해지고 싶기 때문이다
암 병동으로 통하는 문 앞에
수국이 되바라지게 발랄하다
사는 동안 살아야 하는 까닭을
즐겁게 불러 모으라고
힘깨나 써주고 있다
너에게 당부한다

네 심장을 향해 핀 산수국처럼

사랑을 다해 다시 피어날 것을

짐승처럼

밤이 되면 어둡다는 핑계를 만들어서 나는 짐승처럼 컹컹 운다 그럴 때면 손등으로 입을 틀어막지만 흘러버린 눈물은 막을 순 없더군 이러면서 영영 살아야 한다는 것을 안다 헤어 나오지도 그러고 싶지도 않다 가끔 못 견디게 보고 싶으면 그냥 눈을 꾹꾹 눌러 버리지 눈의 아픔이 찡해야 보고픔이 물러 가기도 하니까 나는 그렇게 바보같이 산다 그래야 한다는 것을 잘 알기 때문이다 나를 지워버리는 것이 나를 잘 살아내는 방법이다 하물며 사랑쯤이야…… 나 같은 나가 뭐라고 지켜 내겠느냐 가을이다 바람이 차다 히말라야시다가 바람에 흐름을 같이 시작한다 내 삶의 여정도 히말라야시다 잎처럼 바람의 결을 탄다 또 어떤 날 그대가 못 견디게 보고 싶어 끙끙 울 것이다 영원히 반복되어야 할 내 숙명이 되었다는 것을 인정한다 사랑을 놓을 수는 있어도 영영 지울 수는 없는 것이다 그대야, 나처럼 컹컹, 끙끙 밤이슬 맞은 짐승처럼 울지 않았으면 좋겠다 그대야, 자신에게 한없이 너그럽게 편한 시간에 있었으면 좋겠다 내가 포기해야 했던 사랑이 아픔이 되었다는 뼈아픈 상처가 되지 않았으면 하는 못된 바램을 한다 그대야, 어디선가 축축한듯한 바람이 불거든 아직도 울고 있는 내 가슴에서 일어난 애절함 인줄 알아다오 그러나 그 물기에는 젖지 말고 손바람으로 날려버려 다오 그대를 지울래야 지울 수 없이 나는 그냥 지움의 지우개만으로 영원히 남아 있을 테니 사랑했고 사랑하고 사랑함을 지운다는 것은 어불성설일 테니……. 그대야, 창 밖에 와 있는 낮고 길고 스산한 바람이 인도한 새벽부터 나는 또 짐승이 되어버렸더군 지금 막 눈에 물기를 훔쳤다네

소리 이야기

아프고 나서부터 집안은 고요에서 벗어났다 멀리 앉아 있어도 숨쉬는 소리까지 들렸다 얼굴 찡그리는 근육의 움직임마저도 소리처럼 날라와 금방 알 수 있게 되었다 아프지 않았던 때엔 큰 소리로 말을 하고 손으로 어깨를 밀어도 무신경하게 알아채지 못하던 의미들이 너무나 수월하게 다가와 사무친다 오묘한 일이다 들으려 하지 않아도 들려오는 소리들은 대게 아프다는 것 그리고 심장을 빠르게 덜컥 세운다는 것 밤이 되면 귀를 막아도 소리들은 장맛비 비명처럼 요란하고 질척거린다 문을 여닫는 소리, 물을 마시는 소리, 변기 물 내리는 소리, 형광등 켜지는 소리, 낮은 신음 소리 집안의 소리들이 확연한 목청을 어둠에 풀어놓는다 살아있다는 의사발언이라도 하는 듯 또렷하고 분명하다 아파야 소리가 간명해진다는 것은 소름 끼치는 일이다

눈물로 눈물에게

밤 세 뒤척이는 이불 스침 소리가 집 떠난 새끼를 부르는
밤 새소리 같아 어제도 울었다
아침 식전에도 삼켜지지 않을 밥상을 차리며 울었다
현관 문을 나서며 힐끗 돌아다 본 너의 어깨가 또 나를 울렸
다
오늘도 그렇게 울지 않을 수 없을 뿐이었다

사랑이라고 말하기기 보다 깊은 침묵이라고 하겠다
산 날이 구차하지 않아서 다행이다
살 날이 넉넉하지 못하다 해도 주어진 시간에 고개 숙여 깊
어지겠다
눈물로 눈물에게 하염이 없다

하루 종일 침대와 소파를 오가며 누었다 앉았다를 되풀이

할 수밖에 없는 너를

물끄러미 보다 보면 내 가슴에 시냇물이 흐르고 있음을 느
낀다

한 두 방울의 눈물로는 그칠 수 없어

냇물을 만들어 늘 흐르도록 슬픔의 길을 내놓았다

쾡한 눈동자가 바라보는 것이 허공인지 나인지 분간을 할
수가 없을 때,

팔목인지 팔뚝인지 구별되지 않는 너의 저림을 주물러야 할
때

내 시냇물의 흐름은 빨라진다

울음을 멈출 날이 오기를, 그리하여 너의 다리와 팔에 살이
오르기를,

너의 눈동자가 나를 향해 뚜렷해지기를 내 목숨을 다해 기
도한다

내일이 오늘을 불러서 울게 할 것을 안다

그래서 또 울 것이다

신호등 앞에서

아침 햇빛이 따가운 신호등 앞에서
두서 없어 진다
지난밤 방향 없이 몰아쳤다 사라졌다고 여겨졌던 회오리가
쓰러진 말보로 담배꽁초를
이력처럼 빨갛게 횡단보도의 하얀 빗금 줄에
꽃같이 피워놓았다
부질없다고 믿었던 것들이
실상은 부재하면 삶을 송두리째
혼란스럽게 만들어버린다는 생각이
신호등 앞에 선 이 짧은 순간에
나를 져밀듯 파고 드는 것인지
머릿속에 출혈이 생긴 듯 쇼킹하다
여태 비정상적이면서도 정상으로

게으름을 피우며 살았나 보다

세상의 먼 끝에 이를 초입 같은

신호등 앞에서 너에게 다다를 수 있는

통과의례를 기다리고 있다

십일월

잿빛 하늘은 십일월의 다른 이름입니다
들여다 볼 수 없는 깊이에
마음이 빠져들게 만들어버립니다
나뭇잎이 떨어져 바람이 이끄는 곳으로
끌려가는 것처럼 무저갱 같은 아련함 속으로
사람과 사람의 속삭임들을 밀어 넣습니다
십일월은 그리움이 그리움을 토해내는 시간입니다
나뭇잎이 다른 나뭇잎에 포개져야 외롭지 않듯
중첩된 그리움들이 몸을 섞고 있습니다
스산한 바람에 그을린 햇빛이 낙엽이 되고
깃을 세우고 목을 움츠린 사람들의 언어는
낙엽에 사무칩니다
그리하여 십일월은 사무친 그리움들에게
겹겹이 포위되어 있습니다

소주 한 잔

한 잔에 담을게 이렇게 많다
한 잔에 두려움 마시고
한 잔에 삶의 거품도 마시고
시작하자마자 떠나갔던 사랑도
그럭저럭 받아들였던 이별도
이제야 알게 된 끝이 가장 아림도
그리고 말이지
여태 나는 나였다는 것도
소주 한 잔에 담아 입에 털어 넣었지
그런데 젠장
여전히 저 술잔 안에 들어 있지 못한
내 삶이 겉도는데
보면서도 못 본 척 해야 하며
그냥 환장하겠다는 거지

김밥 한 줄

돌돌 말린 김밥 한 줄
한끼의 예술이다
섞인 듯 각자를 지키고 있는
시금치 단무지 우엉 당근 햄 계란
한끼의 성찬이다
뒤섞여야 섞임이 완성되는 것이 아니다
각자가 각자에게 길을 내어주고
단단히 곁에 있는 것이
완벽한 섞임이라는 것을
김밥 한 알 입에 오물거리며
속 든든히 배운다

바람처럼 살자

스쳐가면서 살자 오래도록 머물면 굴레가 자란다
가고 싶은 곳 어디나 달려갔다 다시 떠나고
떠났던 곳 내키면 또 가보고
그렇게 자유롭게 살자

스스럼 없이 살자 지키려 하다 보면 집착이 큰다
몸에 살을 맞아 힘겨우면 만사 제치고 이불 뒤집어 쓰고 쉬
어야 한다
얽힌 게 많으면 눈치 보면서 살아야 하지 않겠는가
그렇게 홀가분하게 살자

숨김 없이 살자 감추려 해 봤자 괴로움만 쌓인다
웃고 싶을 땐 크게 웃고

비웃고 싶으면 쓴 웃음 짓고

울어야 할 땐 후련하게 울자

그렇게 남김 없이 살자

비우며 살자 채워야 결국 다시 비우는 삶을 살아간다

마음의 호수는 잔잔할 수 없다

차오른 물을 비워야 또 다른 물이 들어찬다

마음 배수구 하나 뚫어 놓고 내보내고 내보내자

그렇게 자꾸 게워내며 살자

혼자서도 가지 못할 곳 없고

혼자서도 구애 받음 없이

스스로가 스스로에게 막히지 않는

바람처럼 살자 바람이 되자

영평사에서

세월을 잡아 세우려 한 것도 아닙니다

축원이나 기원이나

거기가 거기지 말이지요

합장을 못해도

고개 접으면 다 간절해지는 것이 불법 아닐랑가요

부처 같은 맘 아닐랑가요

하늘이 깊고 넓다고 설마

내 맘의 그림자마저 다 가려내지 못하겠지요

부처의 불심보다

불상의 자비보다

삼나에 던져진 사람의 기원(祈願)이

먼저 이면 안 되는 건가요

이뤄주지 못해도 좋아요

들어주질 못해도 이해합니다

귓바퀴에 절실한 목노음을

그러려니 받아만 줘요

영평사 불탑을 총총히 휘도는

산바람의 흐느낌이라 믿어주세요

전생(全生)을 재생(再生)처럼 살아보고 싶어요

궁평항에서

비 오는 궁평항에서 바람을 맞이한다

헝클어진 머리를 손 빗질로 쓸어 올리고

바람을 가슴으로 품으며 방파제에 섰다

이유를 묻지 않고 마주해주는 바다에 섰다

눈을 맞추며 마음의 질곡 따라

함께 출렁여주는 바다와 만났다

갈매기들의 군무를 물끄러미 지켜봐도

싫어하지 않는 궁평항에서

터덜터덜 젖은 운동화로 물 발자국을 찍으며

부질없는 말들을 삼킨다

털어놓고 후련하지 못하고 되려

목을 졸라왔던 언어들을 잊어버린다

비바람 거세 태풍주의보가 발령된

궁평의 누런 바닷가에서 바람소리에 빠져든다

바닷물에 눈물 떨구고 일어나지 못한다

버려도 버려도 또 버릴 것들이 생겨나서

돌아갈 수가 없다 등 못 돌린다

나뭇잎 고백

한 줄의 마음이었을까요

시간은 고개를 숙인 채 나무둥치 뒤로 숨고

숲의 한 칸도 채워보지 못하고 물러선

이파리같이 색이 바랬더군요

곧 떨어져 내려 바닥에 엎드려야겠지요

누구나 허전하다면 밟으며 위로를 하라고

바스락 아픈 비명 정도야 메아리도 되지 못하겠지만

온 힘을 다해 지르고 있는 아파함이라 자위합니다

한 걸음 뒤로 물러 서겠습니다

한 줄의 마음도 곱게 접어 간직하겠습니다

나무 뒤에 숨긴 얼굴을 내밀 때 손 내밀어 잡을 수 있도록

시간을 기다려줄 생각입니다

끝끝내 완성하지 못하고 미뤄버린 이야기처럼

마치지 못하여 외롭게 찢겨지더라도

잎맥과 잎맥은 단단히 땅에 붙박아

기어이 마주 설 시간을 기다리겠습니다

신발

몸이 움직일 준비를 시작하는
최초의 도구라고 해서
몸 신 자, 출발 발 자를 써 신발인가
신이 내게 접신을 하기 위해서는 땅과
정수리를 이어야만 하는데
일어나 곧게 서라고 그래야 신빨이
먹힌다고 신발인가
이름 한 번 요래 저래 갸웃하도록 잘 지었다
문을 나서기 전에 가지런히 기다리는
신발들 중에 오늘 젤 신령이 서린 느낌이
이끄는 기운대로 발을 꿴다
잘 할거야 그리 될 거야 속 궁합을 맞추듯
신발과 사주를 맞추는 거다

신빨나서 턱턱 걸어가고 싶은 거다

나에게도 하늘땅, 삼팔광땡 같은

쪼임 수가 발바닥에서부터 용트림 하라고

신발에 축원을 해보는 거다

그냥이라는 말 속에는

그냥이라고 말해놓으면

머쓱함이 없어진다

왜라고 물어오면

그냥 그래 보고 싶었어 하면

간질거림이 줄어든다

그냥이란 말 속에 숨어 있는

수긍의 의도는 이심전심처럼 받아들여 진다

너무나 보고 싶었어

또는 사랑해 라고 크게 외치고 있다는 것을

그냥이라는 말은 숨겨두고 있다

너에게 나는 그냥이다

그냥이라는 말 속에

그냥 담긴 속뜻이다

나에게 너도 그냥이다

사소한 일상 같은 동반이다

남겨진 날들도, 당겨올 날들도

나에게, 너에게

그냥일 것이다

밥 한 끼 지어 먹자

무릇 밥보다 귀한 것이 없다
밥 짓는 냄새만 나도 허기가 달래진다

뜨끈한 한 공기 밥을 마주하면
고된 속사정도 부질없어진다

사랑도 밥 없인 배고픈 짓이다
싸움도 밥 먹고 하자
배 든든해야 감정도 생긴다

밥 한 끼 지어 먹자는 말
밥 먹고 하자는 흔한 인사를
나는 최고로 친다

작가의 말

오랜 시간을 품에 안고 있었던 시들을 하나, 하나 뒤집어 보면서 이제 내 품에서 그만 놓아줘야 할 때가 되었음을 알게 되었다. 놓아 준다고 외면하거나 지우겠다는 것은 아니다. 안고 있을수록 간절해지고 아파지는 언어들이 더는 속병처럼 깊어지지 않기를 바랄 뿐이다. 나에게 영원할 그리움인 둘시네아여! 너를 향해서 나는 지치지도 못하고, 멈추지도 못하고 가고 가기만 할 것이다.

2017년 11월

단풍이 내려오는 수통골에서 김경진